AF363781

CATALOGUE

DE

BEAUX TABLEAUX MODERNES

Aquarelles et Miniatures

PARMI LESQUELS DES ŒUVRES DE

Jean Béraud	Eugène Delacroix	Aimé Morot
Boldini	Delort	Weber
Benjamin Constant	Edouard Detaille	Singry

MEUBLES & BRONZES

Époque et styles XVIIIe siècle

ARGENTERIE

Armes — Éventails

TAPISSERIES D'AUBUSSON D'APRÈS HUET

RICHES TENTURES

Suite de sept décorations de fenêtres en velours avec bandes
d'ancienne tapisserie

DONT LA VENTE AURA LIEU

HOTEL DROUOT, SALLE N° 2

Le Mercredi 5 Décembre 1894

à 2 heures 1/2

Par le ministère de Me **G. BOULLAND**, commissaire-priseur

26, rue des Petits-Champs, 26

Assisté de **M. A. BLOCHE**, expert près la Cour d'appel

25, rue de Châteaudun, 25

EXPOSITION PUBLIQUE

Le Mardi 4 Décembre 1894, de 2 heures à 6 heures

CONDITIONS DE LA VENTE

Elle sera faite *expressément* au comptant.

Les acquéreurs payeront en sus des enchères *cinq pour
cent.*

L'exposition mettant le public à même de se rendre compte
de l'état des objets, aucune réclamation ne sera admise une
fois l'adjudication prononcée.

Paris. — Imp. de l'Art, E. Moreau et Cie, 41, rue de la Victoire.

DÉSIGNATION

TABLEAUX — AQUARELLES

BÉRAUD
(JEAN)

1 — *Les Marrons.*

Œuvre des plus charmantes.
Signé à droite.

Haut., 53 cent.; larg., 41 cent.

BOLDINI

2 — *Le Pensif.*

Dessin au crayon.
Signé à droite.

Haut., 27 cent.; larg., 19 cent.

BRENDEL

3 — *Chevaux et autres animaux au pâturage.*

Signé à droite.

Haut., 74 cent.; larg., 90 cent.

BRINDEAU

4 — *Bouquet de pivoines.*

>Signé.

CONSTANT
(BENJAMIN)

5 — *Fédora.*

>Joli tableau.
>Signé à gauche.
>>Haut., 45 cent.: larg., 33 cent.

DELACROIX
(EUGÈNE)

6 — *Allégorie au mariage de Henri IV et de Marie de Médicis.*

>Intéressante composition inspirée de Rubens dont toutes les qualités nous autorisent à l'attribuer à Eugène Delacroix.
>>Haut., 67 cent.; larg., 50 cent.

DELORT
(C.)

7 — *La Crisaline.*

>Très beau tableau, touche fine et spirituelle.
>Signé à droite.
>>Haut., 76 cent.; larg., 1 mètre.

DETAILLE
(ÉDOUARD)

8 — *L'Escadron de Saint-Cyr.*

> Superbe aquarelle.
> Signé à gauche.
>
> Haut., 35 cent.; larg., 25 cent.

DOUCET

9 — *Autour du lac.*

> Signé à droite.
>
> Haut , 49 cent.; larg., 39 cent.

MOROT
(AIMÉ)

10 — *Les Toréadors.*

> Très beau tableau.
> Signé à droite.
>
> Haut., 71 cent.; larg., 53 cent.

SOUPLET
(FERD.)

11 — *Bouquet d'œillets.*

> Aquarelle pour éventail.
> Signé.

WATTEAU
(École de)

12 — *La Danse champêtre.*

WEBER

13 — *Marine.*

BAYARD

(D'après ÉMILE)

14 — *La Bande joyeuse.*

Pièce en couleur, procédé Goupil.

ROSSI

(D'après)

15 — *Les Femmes savantes.*

Photogravure en couleurs, procédé Goupil.

MINIATURES

BRUNARD

16 — *Diane surprise au bain.*

Signé et daté 1876.

PRUD'HON

(Attribué à)

17 — *Flore et l'Amour.*

Belle miniature.

SINGRY

18 — *Portrait d'une actrice.*

> Signé à gauche.

SINGRY

19 — *Portrait de Mme Pauline des Variétés.*

> Signé à droite.

SINGRY

20 — *Portrait de l'artiste peint par lui-même.*

> Signé à droite.

SINGRY

21 — *Portrait de Mme Minvielle Fodore, du Théâtre-Italien.*

> Signé à gauche.

SINGRY

22 — *Portrait de Michaut, du Théâtre-Français.*

> Signé à gauche.

SINGRY
(EULALIE)

23 — *Portrait de Mme Singry.*

> Signé à gauche.

SINGRY

(EULALIE)

24 — *Portrait de l'artiste par elle-même.*

Signé à droite.

SINGRY

(EULALIE)

25 — *Portrait d'homme coiffé d'un turban.*

Signé.

SINGRY

(EULALIE)

26 — *Jeune femme assise en robe de bal.*

Signé à droite.

SINGRY

(EULALIE)

27 — *Portrait du peintre Millet.*

SINGRY

(EULALIE)

28 — *Portrait de Cicéri.*

Signé à droite.

ÉCOLE FRANÇAISE

29 — *Portrait de femme, époque du Directoire.*

ÉCOLE FRANÇAISE

30 — Cadre en velours renfermant six miniatures :
deux portraits de femmes, quatre d'hommes, dont
une signée Singry.

ÉCOLE FRANÇAISE

31 — Cadre en velours renfermant sept miniatures,
dont deux portraits d'hommes, quatre de femmes
et une femme couchée caressant un chien.

ÉCOLE FRANÇAISE

32 — *Portrait d'homme.*

A cheveux blancs, époque 1830.

MEUBLES

33 — Jolie vitrine en bois de rose et violette, garnie de bronzes ciselés et dorés, appliques, dessin à entrelacs fleuris, s'ouvrant à une porte à glace biseautée, fond et tablettes en glace. Style Louis XVI. Dessus en marbre brèche d'Alep.

34 — Deux encoignures Louis XV en bois de violette marqueté, garnis de bronzes dorés. Dessus en marbre rouge griotte.

35 — Table forme rognon en bois de rose et violette. Dessus en marbre rouge veiné. Style Louis XVI.

36 — Commode en bois de violette et de palissandre, s'ouvrant à quatre tiroirs, avec entrées de serrures et poignées en bronze. Dessus en marbre griotte. Époque Régence.

BRONZES

37 — Très belle jardinière en bronze ciselé, doré et émaillé, décor à losanges et rosaces, à quatre anses dessinant des couronnes de laurier. Style Louis XVI, de la maison Colin.

38 — Deux jolis candélabres à sept lumières en
bronze ciselé et doré, formés de vases d'où
s'échappent des volutes feuillagés se terminant
par des têtes d'amours. Style Louis XVI. Tra-
vail de Colin.

39 — Statuette en bronze : *Hercule.*

40 — Statuette en bronze : *la Vénus pudique.*

41 — Pendule en bronze ciselé et doré avec statuette de guerrier regardant un portrait. Cadran
signé : *Aubert.* Époque premier Empire.

42 — Deux jolis vases en bronze patine claire frottée
d'or, orné de figures d'amours en relief et de
branchages fleuris, socles en marbre brun. Tra-
vail de Colin.

43 — Cartel en bronze ciselé, Louis XV, orné de
personnages dans des rocailles.

44 — Encrier et deux flambeaux en bronze émaillé,
fond bleu à fleurs, montés sur onyx d'Algérie.

45 — Coffret à bijoux en malachite, pieds formés
par des figures d'amours en bronze ciselé.

46 — Plaque rectangulaire en émail, offrant des
allégories à la musique.
Signé : *Taxile Doat.*
Cadre en bronze.

ARMES

47 — Fusil Harmerless avec son étui.

48 — Fusil à percusion centrale. Canon signé :
Claudin.

ARGENTERIE

49 — Service de toilette en cristal taillé de Baccarat,
avec monture en argent, composé d'une boîte à
éponges, deux grands flacons, deux autres plus
petits, trois boîtes à poudre, une savonnière, une
boîte à brosse. Style Louis XV.

50 — Garniture de toilette en argent ciselé à rocailles,
composée d'une glace à main, une brosse à habit,
une brosse à chapeaux, deux brosses à cheveux,
une brosse à poudre, trois fers à friser.

51 — Légumier à anses avec couvercle en argent
uni, de la maison Touron.

52 — Deux petites jardinières en argent repoussé,
décor à personnages. Style Louis XV.

53 — Quatre jolies petites salières en argent repoussé, avec leurs pelles. Style Louis XV.

54 — Deux salières triangulaires formées par des sphinx ailés. Époque Louis XIV.

55 — Deux salières en argent ciselé, formées par des figurines poussant des traînaux.

56 — Coquetier en argent russe doré et émaillé.

57 — Gobelet en ancien argent repoussé; décor à fleurs.

58 — Bougeoir en argent.

59 — Bougeoir en argent repoussé; décor à arabesques fleuries.

60 — Brûle-parfums, forme ballon, avec sa nacelle en argent, de la maison Fontana frères.

61 — Service à thé et à café en argent uni, composé d'un plateau à anses, une théière, une cafetière avec son réchaud, un sucrier et un pot à lait.

62 — Boite à cigarettes en argent uni.

63 — Plateau à miettes, forme feuille de vigne, et brosse en argenture de Christopfle.

64 — Plateau en métal argenté, avec bordure et anses à rocailles de Christopfle.

65-66 — Deux éventails Louis XV, montures en ivoire découpée et rehaussée de couleur, avec feuilles à personnages.

TAPISSERIES, TENTURES

67 — Panneau en fine tapisserie du xvi° siècle offrant un médaillon à petits personnages dans un paysage enguirlandé de volutes feuillagées, surmonté d'une tête d'homme, monté sur fond de velours de lin rouge garni de franges assorties.

68 — Tapisserie d'Aubusson, représentant la Chasse au canard, composition de cinq personnages avec vue de château en perspective. Bordure à fleurs, composition d'après Huet.

69 — Joli panneau en ancienne tapisserie, représentant la Halte des chasseurs. Composition d'après Huet. Bordure à rocailles fleuries.

70 — Grande tapisserie ancienne d'Aubusson, représentant la Chasse au sanglier, composition de huit personnages. Bordure à fleurs.

71 — Jolie décoration de baie formée d'un grand rideau et de draperies en satin rose, d'un bandeau et d'une pente en velours de lin bleu avec galon en satin vieil or et rose, le tout garni de franges et passementeries assorties.

72 — Quatorze rideaux et sept galeries en velours rouge, avec bordures en ancienne tapisserie à fleurs, feuillages et oiseaux. Garnis de franges et passementeries assorties.

73 — Très belle galerie ancienne de Kérouan, fond rouge, décor polychrome, bordure bleu turquoise. — Long., 6 mètres ; larg., 2 mètres.

74 — Trois panneaux sur toile représentant des sujets Louis XV.

75 — Panneau en ancienne tapisserie d'Aubusson, représentant le Marchand de plaisirs.

76 — Objets non catalogués.